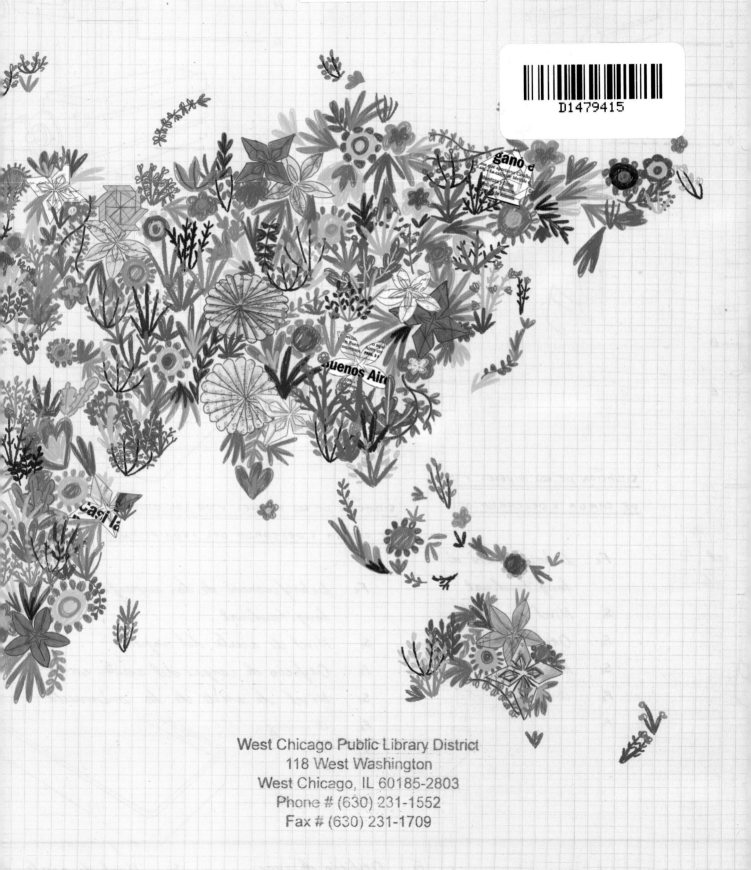

Juego de niños
© 2019 del texto: R. J. Peralta
© 2019 de las ilustraciones: Blanca Millán
© 2019 Cuento de Luz SL
Calle Claveles, 10 | Urb. Monteclaro | Pozuelo de Alarcón | 28223 | Madrid | Spain
www.cuentodeluz.com
ISBN: 978-84-16733-75-0
Impreso en PRC por Shanghai Chenxi Printing Co., Ltd. agosto 2019, tirada número 1695-15
Reservados todos los derechos

CUENTO
DE LUZ

Este libro está impreso sobre Papel de Piedra con el certificado de **Cradle to Cradle™** (plata).

Cradle to Cradle™, que en español significa «de la cuna a la cuna», es una de las certificaciones ecológicas más rigurosa que existen y premia a aquellos productos que han sido concebidos y diseñados de forma ecológicamente inteligente.

Cradle to Cradle™ reconoce que para la fabricación del Papel de Piedra se usan materiales seguros para el medio ambiente que han sido diseñados para su reutilización a través de su reciclado. La utilización de menos energía de forma muy eficiente, junto con la no necesidad de utilizar agua, árboles y cloro, fueron factores decisivos para conseguir el valioso certificado.

*A mis padres, mis hermanos y hermanas, por todos
los viajes juntos.*
— R. J. Peralta —

*A todas las familias que viajan por el mundo con
sus hogares a cuestas.*
— Blanca Millán —

JUEGO de NIÑOS

R. J. Peralta   Blanca Millán

Esta es la historia de Damián, que es un gran cantautor.

Le gusta crear canciones sobre mundos fantásticos llenos de aventura. También sobre mundos felices donde nadie está triste ni enfadado; aunque la mayoría hablan sobre lo que vive cada día.

Siempre que Damián tiene algo que contar,
lo hace cantando, que es como mejor sabe.

Le gusta su guitarra y la música que saca de ella.

La música lo ayuda a desahogarse cuando algo va mal...

...y a alegrarse cuando hay algo que celebrar.

También es la historia de Mercedes,
que es una gran artista.

Le gusta pintar los paisajes que nunca ha visto,
y también algunos que conoce muy bien.

Siempre que siente que tiene una
emoción en el pecho,
la saca fuera pintando, o dibujando,
que es como mejor sabe.

Le gustan sus lápices y pinceles,
los colores que nacen de ellos,
cálidos o fríos según la emoción
encerrada en su corazón.

Y, por último, es la historia de Marcos,
el pequeño, que es un gran escritor.

Le gusta describir reinos desconocidos
y paraísos perdidos,
pero también lo que vive día a día,
y lo que le van contando sus amigos.

Siempre que le llega la inspiración se pone a escribir:
algunas veces rimando, otras veces narrando y otras
simplemente escribiendo sobre sus pensamientos.

Le gustan su bolígrafo y su lápiz,
y las libretas que llena de palabras una detrás de otra,
tristes o alegres y a veces enigmáticas.

A Damián, Mercedes y Marcos les
encanta estar juntos,
jugar juntos, inventar juntos.

Historias con dibujos y pinturas,
historias con canciones y música.

A veces, sin querer, se ponen a cantar,
a pintar y escribir mientras están en clase,
en medio de conversaciones,
o de importantes reuniones.

No pueden evitarlo, les sale así.

Cuando escuchan que llegan ruidos muy fuertes,
se ponen a crear sus universos con total dedicación.

Están tan, tan concentrados, que son incapaces de
oír nada que venga de fuera.
Solo sus propias creaciones.

Sus profesores están preocupados porque
no parecen prestar atención en el colegio.

Es, casi, como si no estuvieran allí.

Mamá y papá no siempre los comprenden,
piensan que se pasan las horas en su propio mundo.

Y a veces, cuando necesitan silencio para pensar, o para enterarse de las noticias, no pueden evitar mandarlos callar.

Los tres juntos pasan la mayor parte de las mañanas y
las noches creando y se olvidan de todo, hasta de si han cenado.

En sus mundos todo abunda, nada falta,
sobre todo amor, el amor por la aventura
y la buena compañía.

Damián, Mercedes y Marcos, a veces están preocupados,
como a la hora de la cena, o porque mamá y papá están disgustados.

Pero lo que más les preocupa es cómo va
a ser la nueva casa en el país donde tendrán
que vivir en pocos días.

La guitarra emite sonidos chirriantes.
Los colores son oscuros y las líneas, puntiagudas.
Y cada vez que hablan de la nueva casa,
del nuevo colegio o de los nuevos amigos
las historias se vuelven de miedo.
Todo es aterrador.

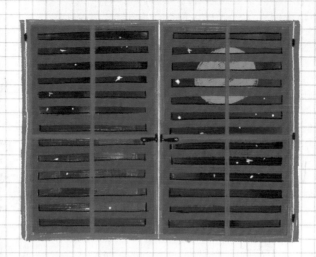

Pero un día, antes de conocer su nuevo hogar, Damián les habla de algo que escuchó en clase.

—El hogar es donde están la familia y el corazón.

Entonces les dice que lo que más ama
es componer sus propias canciones.

Mercedes habla de sus pinturas y sus dibujos.

Y Marcos, de sus libretas llenas de cuentos,
poemas y aventuras.

A los tres les encanta estar juntos
y crear historias, mundos maravillosos,
cómicos o terroríficos.

Tal vez la nueva casa no sea la más bonita,
pero mientras estén juntos y sigan cantando,
pintando y escribiendo, jugando y riendo,
saben que su hogar no cambiará ni un
poquito, porque hogar es el lugar
donde pueden crear
y ser felices juntos.